D1874237

Robert L. Stevenson

DIE SCHATZINSEL

TOSA

Zu Zeiten der Piraten . . .

Dies waren die Schiffe, Waffen und Uniformen der englischen Marine, der berühmten Royal Navy.

Maat *Offizier*

Matrosen

Kampfgewehr

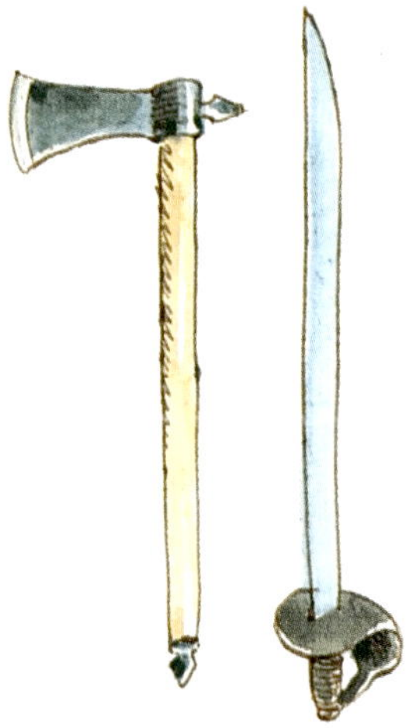

Axt und Säbel zum Entern

Die Matrosen drehen die Winde, um den Anker zu lichten.

Viele Schiffe jener Zeit trugen eine Galionsfigur am Bug. Diese hier gehörte zu einem Schiff der englischen Kriegsmarine des 17. Jahrhunderts.

Matrosen laden eine Kanone.

Der Autor: Robert Louis Stevenson

Robert Louis Stevenson war 33 Jahre alt, als ihn »Die Schatzinsel« von heute auf morgen berühmt machte.

Er war 1850 in Edinburgh in Schottland geboren worden und hatte eine rebellische Jugend in ständigem Streit mit seiner Familie verbracht. Auf ihren Wunsch war er Rechtsanwalt geworden, übte den Beruf aber nie aus. Statt dessen trieb ihn Abenteuerlust auf lange Reisen durch Europa und Amerika, und bald begann er, für verschiedene Zeitschriften Erzählungen, Aufsätze und Gedichte zu schreiben.

Eine dieser Erzählungen war »Die Schatzinsel«, die als Buch 1883 erschien und großen Erfolg hatte.

1888 brach er auch aus gesundheitlichen Gründen (er litt an Tuberkulose) auf eine lange Reise in den Pazifik auf.

1891 kam er zum Samoa-Archipel und ließ sich hier nieder.

Er führte ein ruhiges Leben, widmete sich vor allem der Schriftstellerei, unterstützte aber auch die Eingeborenen gegen mancherlei Übergriffe durch die Weißen. Als er 1894 im Alter von 44 Jahren starb, wurde er von den Insulanern tief betrauert.

Zu den berühmtesten seiner Werke gehören:

»Dr. Jekyll und Mr. Hyde«, das von einer Persönlichkeitsspaltung und vom Kampf des Guten und des Bösen in der menschlichen Natur handelt.

»Der schwarze Pfeil«, ein weiterer historischer Abenteuerroman, der in England zur Zeit des Rosenkrieges spielt.

»Der Erbe von Ballantrae«, vielleicht sein bestes Werk, handelt wieder von Gut und Böse, diesmal zwischen zwei Brüdern.

»Die Schatzinsel«, ein kleines Meisterwerk zwischen Wirklichkeit und Phantasie, wurde in vielen Theaterstücken und Verfilmungen verarbeitet und ist heute ein Klassiker der Jugendliteratur.

Der alte Seemann

Zu der Zeit, als mein Vater den Admiral Benbow führte, ein altes, abgelegenes Gasthaus, sah ich eines Tages einen alten Seemann näher kommen. Durch sein tiefgebräuntes Gesicht zog sich die Narbe von einem Säbelhieb.

Er kam langsam bis zum Eingang. Auf einem Karren zog er eine Seemannskiste mit seinen Besitztümern hinter sich her.

Er war groß und kräftig, hatte einen blauen Rock an, rauhe, knochige Hände mit schwarzen, abgebrochenen Fingernägeln, und seine Narbe schimmerte bläulichweiß. Er sah sich um, pfiff leise vor sich hin und sang dieses alte Seemannslied, das wir noch so oft von ihm hören sollten:

Fünfzehn Mann auf des Toten Mannes Kist'
Jo-hoo – und 'ne Buddel voll Rum!

Er trat ein, bestellte Rum und trank ihn langsam aus. Dabei sah er sich weiter um.

Daß im Wirtshaus nur wenige Leute waren, schien ihn zu beruhigen. Er beschloß zu bleiben. Mit ein paar Goldmünzen bezahlte er für einige Zeit im voraus und sagte, wir könnten ihn Käpt'n nennen.

Unser Gast sprach fast nie. Den ganzen Tag trieb er sich mit seinem Messingfernrohr in der Bucht herum, und am Abend saß er gewöhnlich beim Feuer und trank steifen Grog.

Wenn ihn jemand ansprach, schnaubte er nur böse, so daß ihn bald alle in Ruhe ließen.

Bei der Rückkehr von seinem Rundgang fragte er stets, ob irgendwelche Seeleute vorbeigekommen seien, und einmal versprach er mir vier Silberpennies, wenn ich ihm sofort die Ankunft eines einbeinigen Seemannes melden würde.

Dieser Einbeinige begann, mich in meinen Träumen zu verfolgen und erschien mir in tausend Verkleidungen und mit tausend teuflischen Grimassen.

Eines Morgens im Januar stand der Käpt'n früher auf als sonst und ging zum Strand. Während ich den Tisch deckte, kam ein Mann mit wächsernem Gesicht herein. »Sag mal, Junge«, fragte er mich, »für wen deckst du da den Tisch? Doch nicht etwa für meinen alten Freund Bill?« Ich erwiderte, daß ich niemanden mit diesem Namen kenne. Der Tisch sei für den Käpt'n, der draußen seinen Rundgang machte.

Mir fiel auf, daß sein Gesichtsausdruck ganz und gar nicht beruhigend wirkte, als er sich nahe beim Eingang niederließ, um heimlich auf die Rückkehr unseres unangenehmen Gastes zu warten.

Schließlich kam der Käpt'n herein und setzte sich.

Der Streit

Der Fremde rief laut: »Bill! Kennst du mich noch? Ich bin es, Schwarzer Hund!« Sofort brach ein fürchterlicher Kampf aus. Stühle und Tische wurden umgeworfen, Messer blitzten auf. Schwarzer Hund stürzte hinaus.

Ich fand den Käpt'n ausgestreckt am Boden liegend. Glücklicherweise kam gerade Dr. Livesey. Er stellte fest, daß der Käpt'n nicht verletzt war und nur Ruhe brauchte. Gegen Mittag ging ich zu ihm und brachte ihm die Medizin, die der Doktor verschrieben hatte. Er versuchte aufzustehen, doch ohne Erfolg. Nach einer Weile sagte er: »Weißt du, Jim, sie suchen nach meiner Seemannskiste! Und dann ist da der Schwarze Fleck. Wenn sie es schaffen, ihn mir zu geben, lauf und hol den Doktor! Er soll Leute zusammentrommeln und die ganze Bande von Flint festnehmen lassen!«

Er sei erster Maat des alten Flint gewesen und hüte ein wichtiges Geheimnis. Ich solle diese Banditen aber nur anzeigen, wenn sie ihm den Schwarzen Fleck gegeben hätten, oder wenn der Schwarze Hund oder der einbeinige Seemann auftauchen würden. Ich hätte dies sicher alles meiner Mutter erzählt, aber an diesem Abend starb überraschend mein Vater. So hatte ich keine Zeit mehr, daran auch nur zu denken. In den folgenden Tagen kam der Käpt'n wieder aus seinem Zimmer. Ab und zu steckte er die Nase hinaus, um das Meer zu riechen, kam aber sofort wieder herein. Er war in Gedanken versunken, und seine Stimmung wurde immer schlechter.

Am Tag nach dem Begräbnis meines Vaters bemerkte ich, wie sich ein Unbekannter dem Gasthaus näherte.

Er mußte blind sein, denn er tastete mit einem Stock den Boden vor sich ab und trug einen grünen Schirm, der seine Augen und die Nase bedeckte. Er wirkte gebeugt und schwach und irgendwie schutzlos. Etwas von dem Gasthaus ent-

fernt blieb er stehen und fragte laut: »Gibt es hier einen Freund, der einem armen Blinden sagt, in welchem Teil Englands er sich befindet?«

»Ihr seid beim Admiral Benbow«, antwortete ich, »in der Black-Hill-Bucht.«

Er bat mich liebenswürdig, ihm eine Hand zu reichen, damit er eintreten könne. Sobald er sie spürte, hielt er sie fest wie in einem Schraubstock. Ich versuchte erschreckt, mich aus seinem eisenharten Griff zu befreien. Er verdrehte mir den Arm und zwang mich, ihn zum Käpt'n zu führen. Mit einem fürchterlichen Kneifen brachte er mich dazu, zu rufen: »Hier ist ein Freund für Euch, Bill!«

Der arme Käpt'n sah auf. Sein Gesicht wurde totenbleich. Er versuchte aufzustehen, sank aber wieder zurück.

»Los, Bill«, sagte der Blinde, »her mit deiner rechten Hand. Und du, Junge, nimm sein Handgelenk und führ sie zu meiner.«

Beide gehorchten wir, und ich sah, wie er etwas aus seiner rechten Hand, mit

der er den Stock hielt, in die des Käpt'n gleiten ließ, die der sofort darüber schloß. »Das wäre erledigt«, fügte er hinzu und ließ mich los. Er ging unglaublich schnell und sicher hinaus und verschwand. Der Käpt'n und ich waren wie versteinert. Dann ließ ich sein Handgelenk los, und er öffnete fast gleichzeitig die Hand und sah hinein. »Um zehn!« rief er aus – »Uns bleiben sechs Stunden. Die wollen wir nützen!« Er sprang auf. Und dann taumelte er, griff sich an den Hals und fiel mit einem Röcheln der Länge nach zu Boden.

Ich beugte mich über ihn: ein Herzschlag hatte ihn getroffen.

Ich lief zu meiner Mutter und sagte ihr, daß der Käpt'n tot war, und dann erzählte ich ihr, was ich wußte. Wir beschlossen, ins Dorf zu laufen und Hilfe zu suchen. Es wollte jedoch niemand mit uns kommen. Nur ein Junge erklärte sich bereit, zu Dr. Livesey weiterzureiten und ihm Bescheid zu sagen.

Meine Mutter beschloß, daß wir allein zum Gasthaus zurückkehren und versuchen sollten, zu unserem Geld zu kommen.

Der Schwarze Fleck

Ins Gasthaus zurückgekehrt, kniete ich neben dem Toten nieder und fand auf dem Boden ein Stück Papier, das auf der einen Seite schwarz war. Auf der anderen stand: »Du hast Zeit bis heute abend um zehn.« In diesem Augenblick schlug die Uhr: es war erst sechs.

Ich nahm den Schlüssel, den der Käpt'n um den Hals trug, und öffnete seinen Seemannskoffer. Obenauf lagen gebrauchte Kleider. Ganz unten fand ich ein Päckchen aus Wachstuch und einen Beutel aus Segeltuch, der beim Anfassen nach Münzen klang. »Ich werde diesen Banditen zeigen, daß ich eine ehrliche Frau bin«, sagte meine Mutter, »und nur so viel nehmen, wie er uns schuldet, und keinen Pfennig mehr.« Und sie begann die Münzen zu zählen. Sie war mit der Arbeit aber erst zur Hälfte fertig, als mir etwas das Herz bis in den Hals schlagen ließ: Von der gefrorenen Straße erklang deutlich das Tap-tap von dem Stock des Blinden.

Ein heftiger Schlag dröhnte gegen die Gasthaustür. Es folgte ein langes Schweigen. Das Tap-tap des Stabes erklang erneut, entfernte sich und erstarb.

Ich beschwor meine Mutter, alles zu nehmen und zu fliehen.

»Ich nehme nur das, was ich schon gezählt habe«, sagte sie eigensinnig. Ich griff nach dem Wachstuchpäckchen, und eine Minute später waren wir auf der Flucht.

Der Nebel löste sich gerade auf, und der Mond beleuchtete die Gegend.

Das Geräusch von Schritten machte uns klar, daß die Banditen jeden Moment kommen würden. Wir sahen das flackernde Licht einer Laterne. Rasch versteckten wir uns.

Ich sah unsere Feinde im Laufschritt heraneilen. Zwei von ihnen hatten den Blinden in die Mitte genommen und untergehakt.

Es waren insgesamt wohl nicht mehr als sieben oder acht Mann. »Schlagt die Tür ein«, schrie der Blinde. »Wird gemacht, Pew«, antworteten sie. Aber die Tür gab sofort nach, und ich merkte, wie überrascht sie waren, sie offen zu finden.

»Hinein, hinein!« schrie Pew.

»Bill ist tot!« rief ein anderer.

Der Blinde befahl, die Kiste zu öffnen, und sie merkten, daß ihnen jemand zuvorgekommen war.

»Das Geld ist noch da«, sagten sie.

»Aber Flints Karte, die ist weg!«

»Verdammt!« brüllte der blinde Pew. »Das waren die Leute vom Gasthaus, dieser verfluchte Lausebengel!«

Vom Hügel herab erklang ein Pfiff. Offenbar war dies ein Warnsignal.

Der blinde Pew hielt die Leute noch ein wenig zurück. Aber das Trappeln von Pferdehufen jagte alle in die Flucht. Nur der Blinde blieb zurück und tappte mit seinem Stock umher. Schließlich lief er auf das Dorf zu, bemerkte seinen Irrtum aber sofort.

Sekunden später donnerten die Hufe des ersten Pferdes über ihn hinweg, das in vollem Galopp herangeprescht kam.

Ich erkannte die Reiter. Es waren Zollbeamte. Der Junge aus dem Dorf hatte sie unterwegs getroffen und gleich zum Gasthaus mitgebracht.

Sie waren wegen eines kleinen, verdächtig aussehenden Schiffes unterwegs, das an Kitts Höhle angelegt hatte. Als sie zur Anlegestelle des Schiffes kamen, war es zu spät. Das Schiff hatte gerade abgelegt, und der Inspektor war nur knapp einer Kugel entgangen.

Die Schatzkarte

Wir beschlossen, zu Dr. Livesey zu reiten und ihn um Rat zu fragen. Man sagte uns, daß er zum Abendessen beim Squire war. Dort erreichten wir ihn schließlich. Beide verfolgten mit wachsendem Interesse meine Schilderung des Abenteuers.

»Um Flints Schatz zu finden«, sagte der Squire, »würde ich selbst im Hafen von Bristol ein Schiff ausrüsten und lossegeln, und sollte es ein ganzes Jahr dauern!«

»Ausgezeichnet; und wenn Jim einverstanden ist, öffnen wir jetzt dieses Paket.«

In das Wachstuch eingehüllt war ein Buch und ein versiegeltes Papier. Auf der ersten Seite des Buches waren nur sinnlose Kritzeleien, auf den folgenden Seiten aber fanden wir interessante Einträge. Jede Zeile begann mit einem Datum und endete mit einer Zahl. Dazwischen war eine unterschiedliche Anzahl von Kreuzen. Die Einträge zogen sich über einen Zeitraum von 20 Jahren hin. Es war das Kontobuch dieses alten Halunken, und die Kreuze standen sicherlich für versenkte Schiffe.

Vorsichtig entfernte der Doktor die Siegel und faltete das Papier auseinander.

Es war die Karte einer Insel mit der Angabe von Längen- und Breitengraden, Häfen und allen anderen nötigen Informationen. Die Insel hatte die Form eines

Drachen. Es gab zwei geschützte Häfen und in der Mitte einen Berg, der als »Fernrohr« bezeichnet war. Besonders auffällig waren drei mit roter Tinte eingetragene Kreuze: zwei befanden sich im Norden der Insel, eines im Südwesten. Daneben standen die Worte »Masse des Schatzes«. Auf der Rückseite waren weitere Hinweise.

»Morgen reise ich nach Bristol«, rief der Squire aus, »und in drei Wochen haben wir das schönste Schiff, das sich denken läßt! Du, Jim, kommst als Schiffsjunge mit, und Ihr, Doktor, als Schiffsarzt. Und meine treuen Diener Redruth, Joyce und Hunter kommen auch mit.« Die Ungeduld beflügelte meine Phantasie, und manchmal kam es mir so vor, als sei ich schon auf der Schatzinsel . . .

Endlich kam ein Brief des Squire an, der uns nach Bristol rief.

Leider merkten wir bald, daß er unser Geheimnis nicht für sich behalten hatte! Er berichtete uns, daß er einen Schoner gekauft habe, die »Hispaniola«, und daß er viel Mühe gehabt habe, die richtige Besatzung zu finden. Zum Glück hatte er einen alten einbeinigen Seemann namens Long John Silver kennengelernt, und der hatte in wenigen Tagen eine Mannschaft aus erfahrenen alten Seebären zusammengebracht. Silver selbst würde als Schiffskoch an Bord kommen.

Der Brief des Squire enthielt auch eine Bemerkung über den Kapitän, der als etwas zu streng, aber äußerst tüchtig beschrieben wurde.

Nach einer langen Reise kam ich im Hafen von Bristol an. Hier gab es wunderschöne Schiffe und alle Arten von Seeleuten. Wir trafen den Squire vor einem großen Gasthof. Er war wie ein Marineoffizier gekleidet und strahlte vor Lächeln.

»Da seid ihr ja!« rief er. »Der Doktor ist gestern aus London angekommen. Dann ist unsere Besatzung ja komplett!«

»Wann segeln wir, Sir?« fragte ich begierig.

»Morgen«, antwortete er.

Gleich nach dem Frühstück gab mir der Squire einen Brief, der an John Silver im Gasthof »Zum Fernrohr« gerichtet war. Ich fand ihn ohne Schwierigkeiten. Ich blieb einen Augenblick in der Tür stehen und sah dann Long John aus einem Nebenzimmer kommen. Es war kein Irrtum möglich. Sein linkes Bein war vollkommen amputiert, und er trug eine Krücke, mit der er sich unglaublich schnell bewegte. Sein Gesicht war breit und bleich, aber von einem verschmitzten Lächeln erhellt. Beim Lesen des Briefes war mir der Verdacht gekommen, daß Long John der Einbeinige sein könne, von dem der Käpt'n gesprochen hatte. Aber als ich ihn jetzt sah, kam mir dieser Verdacht absurd vor . . . Furchtlos gab ich ihm den Brief des Squire.

In diesem Moment sah ich, wie einer der Gäste eilig aus dem Lokal stürzte. Ich erkannte ihn: der Schwarze Hund! Ich rief: »Haltet ihn!«, und erklärte John Silver rasch, wer das war. Er ließ ihn durch zwei Männer verfolgen.

Während wir warteten, hüpfte John Silver unablässig in dem Gasthaus auf und ab.

Die beiden Männer kehrten bald zurück und erklärten, sie hätten Schwarzer Hund im Gewühl verloren. Silver zeigte sich ernsthaft besorgt, was wohl der Squire zu dem Vorfall sagen würde, und außerdem wurde er wütend über die geprellte Zeche.

Und dann brach er plötzlich in so schallendes Gelächter aus, daß auch ich davon angesteckt wurde.

Wie alte Freunde machten wir uns auf den Weg zum Gasthaus, wo der Squire wohnte, um ihm von dem Vorfall zu berichten.

Unterwegs zur Insel

Auf dem Weg war Silver sehr freundlich zu mir und erklärte mir alles mögliche über die am Kai liegenden Schiffe, über ihre Ladungen und über die Seeleute, so daß ich überzeugt war, in ihm den besten nur denkbaren Gefährten gefunden zu haben.

Long John erzählte den Vorfall dem Squire und dem Doktor, und alle gemeinsam beschlossen sie, daß daran nichts mehr zu ändern sei und es auch keinen Grund zur Besorgnis gebe. Sie legten die Abfahrtszeit fest, Silver wurde entlassen, und wir machten uns an die Inspektion unseres Schoners. An Bord der »Hispaniola« trafen wir zuerst Arrow, den Maat, einen gebräunten alten Seemann mit Ohrringen. Dann Kapitän Smollet, einen sehr streng aussehenden Mann, der voll von Ärger über die gesamte Organisation und über die Dinge an Bord war. Er sagte uns ohne lange Umschweife, was ihn störte:

»Ich glaube, Sir, es ist besser, offen zu reden«, sagte er. »Die Fahrt gefällt mir nicht, die Leute gefallen mir nicht, und mein Maat gefällt mir nicht.«

Der Squire fühlte sich angegriffen, und es wäre gewiß ein Streit losgebrochen, hätte der Doktor nicht die Gemüter beruhigt und weitere Erklärungen verlangt. Leider erfuhren wir, daß das Ziel der Fahrt der ganzen Mannschaft bekannt war.

Das war um so schlimmer, als die Leute nicht vom Kapitän ausgewählt worden waren. »Ich bin überzeugt, meine Herren«, fügte Kapitän Smollet hinzu, daß niemand von Euch weiß, was uns erwartet. Ich dagegen sehr wohl. Es geht auf Leben oder Tod, und das Risiko ist ungeheuer groß.«

Er riet uns, Waffen und Pulver nicht im Vorschiff, sondern unter seiner Kabine verstauen zu lassen und die vier Männer, die der Squire mitgebracht hatte, von der übrigen Mannschaft getrennt unterzubringen.

»Die Mannschaft weiß genau, daß es eine Schatzkarte gibt und wo die Insel liegt. Wenn wir eine Chance haben wollen, müßt Ihr jetzt absolut geheimhalten, wer diese Karte hat. Niemand darf erfahren, wer sie bei sich trägt!«

Diese Offenheit brachte ihm die Hochachtung des Doktors ein, verärgerte aber den Squire, der offenbar keinen Widerspruch ertrug, auch nicht zu seinem eigenen Wohl. Das Umladen der Waffen und des Pulvers vom Bug ans Heck kostete uns viel Zeit und verzögerte die Abfahrt um einen Tag, obgleich der Kapitän niemandem erlaubte, dabei zu trödeln und die Arbeiten aufzuhalten.

Die Strenge des Kapitäns bekam auch ich zu spüren, und zu Beginn der Fahrt haßte ich ihn mindestens ebenso sehr wie der Squire.

Kurz vor Tagesanbruch pfiff der Maat, und die Mannschaft begab sich an die Ankerwinde.

Damit begann das Ablegemanöver.

Trotz meiner großen Müdigkeit beobachtete ich interessiert die Vorgänge: Alles war so neu für mich!

»Los, Smutje, sing uns ein Lied!« rief jemand.

»Ist gut, Kameraden«, antwortete Long John, und begann:

Fünfzehn Mann auf des Toten Mannes Kist' . . .

und die ganze Mannschaft antwortete im Chor *»Jo-hoo – und 'ne Buddel voll Rum!«* – und so lichteten sie die Anker. Eine günstige Brise unterstützte die Abfahrt, und bald waren die Segel voller Wind.

Endlich hatte die Reise der »Hispaniola« zur Schatzinsel begonnen. Ich blieb zusammengekauert am Bug, bis wir auf offener See waren, dann beschloß ich, meine Koje aufzusuchen und ein schönes Schläfchen zu machen, um mich von den Sorgen und Anstrengungen der letzten Tage zu erholen.

Ich dachte, die Überfahrt würde für mich eine herrliche Ferienzeit auf See werden, aber weit gefehlt. Obgleich sie sich zu Beginn sehr ruhig gestaltete, geschahen dann viele Dinge, die mich nicht wenig beunruhigten.

Ich werde nicht alle Details der Fahrt erzählen, aber einiges sollte ich nicht verschweigen.

Arrow, der Maat, erwies sich sogleich als unfähig, der Mannschaft gegenüber Autorität zu zeigen. Nach zwei oder drei Tagen erschien er mit immer stärker geröteten Augen an Deck, mit schwerer Zunge und anderen Anzeichen von Trunkenheit. Er wurde mit Arrest bestraft. Manchmal konnte er sich kaum auf den Beinen halten, und niemand war sehr überrascht, als er in einer stürmischen Nacht verschwand.

»Er ist über Bord gegangen«, sagte der Kapitän. »Nun, das erspart uns die Mühe, ihn in Eisen zu legen.«

Seine Stelle nahm Job Anderson ein, der Bootsmann. Israel Hands, der Steuermann, war dick mit John Silver befreundet. Ich bin immer versucht, ihn Gegrilltes Schwein zu nennen, wie das die Mannschaft tat.

»Gegrilltes Schwein«, erklärte mir Hands, »ist ein außergewöhnlicher Mann. Er hat studiert und spricht wie ein gedrucktes Buch, wenn er will . . .« Zu mir war er immer nett und schien sich zu freuen, wenn ich in die Küche kam.

Er hielt sie spiegelblank.

»Komm, Hawkins«, sagte er, »komm und schwätz mit dem langen John. Komm und hör dir an, was es Neues gibt. Dies ist Käpt'n Flint: Ich habe meinen Papagei nach dem alten Seeräuber benannt. Stimmt's, Käpt'n, daß die Reise ein Erfolg wird?«

Und der Papagei antwortete mit großem Tempo:

»Piaster, Piaster, Piaster«, bis Silver den Käfig mit einem Tuch verhängte.

»Fertig machen zum Wenden!« schrie der Papagei.

»Was für ein Schlaumeier«, sagte Gegrilltes Schwein.

Währenddessen war Kapitän Smollet zwar mit dem Schoner mehr als zufrieden, weil sich dieser in allen Arten von Gewässern als äußerst seetüchtig erwies, sein Verhältnis zum Squire blieb aber gespannt, und er warf ihm oft vor, die Mannschaft zu verwöhnen.

Vor allem störte ihn eine Tonne mit Äpfeln, die an Deck stand und aus der sich jeder bedienen durfte.

»Ich habe noch nie gesehen, daß dabei etwas Gutes herauskommt«, beklagte er sich bei Dr. Livesey. »Wenn man die Matrosen verwöhnt, macht man sie zu Teufeln!«

Es war aber gerade diese Apfeltonne, die uns rettete, wie sich bald zeigen wird. Ohne sie wären wir alle tot, von den Verrätern überrascht. Und das kam so.

Ausgerechnet am letzten Tag der Überfahrt bekam ich kurz nach Sonnenuntergang Lust auf einen Apfel.

Die Apfeltonne

Die Matrosen waren mit den Manövern beschäftigt, und alle rechneten damit, die Insel jeden Moment auftauchen zu sehen.

Da in der Tonne nur noch wenige Äpfel waren, mußte ich hineinsteigen, um einen zu erreichen. Ich blieb gleich darin sitzen und aß ihn. Von den Wellen sanft geschaukelt, schlief ich im Dunkeln ein.

Ich erwachte davon, daß sich ein schwerer Mann mit dumpfem Poltern neben der Tonne niederließ und sich gegen sie lehnte. Natürlich hielt er sie für leer.

Ich wollte gerade herausspringen, als er zu reden begann. Es war John Silver. Ich hatte noch kein Dutzend Worte gehört, als ich mich für kein Gold der Welt mehr hätte blicken lassen. Ich blieb zitternd in der Tonne und lauschte.

Denn schon nach wenigen Worten hatte ich begriffen, daß von mir das Leben aller anständigen Menschen an Bord abhing . . .

»Nein«, sagte Silver, »ich war nicht Kapitän, das war Flint. Ich konnte nicht, wegen meines Beins. Ich verlor es bei der gleichen Breitseite, die Pew sein Augenlicht kostete. Der Chirurg, der mich operierte, war ein wahrer Künstler. Er konnte sogar Latein. Und trotzdem nahm es ein schlimmes Ende mit ihm.«

»Ach«, rief Dick, unser jüngster Matrose, voll Bewunderung aus.

»Ich segelte erst mit England, und dann mit Flint«, fuhr John Silver fort. »Jetzt fahre ich auf eigene Rechnung, sozusagen.«

Und er erzählte, daß er zweitausendneunhundert Pfund auf die Bank gebracht und sich nicht wie die anderen selbst ruiniert habe.

Er nannte die Fehler, die die Glücksritter – gemeint waren Piraten – gewöhnlich begingen, sobald sie Geld hatten. Er selbst aber sei schlauer und habe seine Anteile für eine Zukunft als Gentleman zur Seite gelegt. »Und was die Kameraden angeht«, fügte er hinzu, »auf die ist Verlaß, denn sie kennen mich und haben Angst vor mir! Ich will mich nicht rühmen, aber selbst Flint hatte Angst vor mir!« Dick war schon mit ähnlichen Gesprächen bearbeitet worden und schloß sich jetzt den Piraten an. Nun hörte ich auch die Stimme von Hands. Er wurde ungeduldig und wollte am liebsten sofort mit allen Schluß machen, mit dem Kapitän zuerst.

Long John war dagegen: »Den Kapitän brauchen wir noch, denn nur er kann das Schiff führen. Wir müssen warten, bis wir den Schatz haben. Dann machen wir sie kalt!«

Sie schickten Dick fort, und aus ihrem nun folgenden Gespräch erfuhr ich, daß noch nicht alle Seeleute auf ihrer Seite waren. Sie tranken auf Flint und ihr Glück.

Im nächsten Augenblick rief eine Stimme: »Land in Sicht!«

Alle stürzten an Bord. Unbemerkt stieg ich aus der Tonne.

Ich sah alles wie in einem Traum, und wie in einem Traum hörte ich Kapitän Smollet die nötigen Befehle zur Anlandung geben.

Die Skelettinsel

»Männer«, sagte der Kapitän, »hat irgendeiner von euch dieses Land voraus schon einmal gesehen?«

»Ich, Sir!« antwortete Long John. »Ich habe hier einmal Wasser aufgenommen, mit einem Kauffahrer, auf dem ich als Koch angeheuert hatte.«

»Der Ankergrund liegt im Süden, hinter einer kleinen Insel?« fragte der Kapitän.

»Ja, Sir«, antwortete Silver, »sie heißt Skelettinsel. Hier war einmal ein Piratennest. Den Hügel im Norden nannten sie den Fockmastberg. Es gibt drei Berge, Sir, in einer Reihe, die nach Süden verläuft: Fockmast-, Großmast- und Besanmastberg. Der Großmastberg wurde gewöhnlich Fernrohr genannt, weil er als Ausguck diente, während die Piraten die Schiffe kielholten und reparierten.«

»Hier habe ich eine Karte«, sagte der Kapitän. »Seht mal, ob dies der Platz ist.«

Silver bekam leuchtende Augen. Aber mit einem Blick stellte er fest, daß dies nicht das Original war. Es handelte sich um eine genaue Kopie, in der die roten Kreuze jedoch fehlten. So groß seine Enttäuschung auch war, Silver verbarg sie gut.

Ruhig bestätigte er, daß dies genau jene Insel war, von der die Rede war, und gab die gewünschten Ratschläge zum Ankern.

Dann gratulierte er mir und sagte lachend, daß ich auf dieser Insel den großen Entdecker spielen könne.

Seine Gelassenheit und Sicherheit überraschten mich.

Ich sagte dem Doktor, ich müsse dringend mit ihm, dem Kapitän und dem Squire reden, weil ich wichtige Neuigkeiten hätte.

Smollet organisierte sogleich einen großen Umtrunk für alle. Die Mannschaft brach in Begeisterung aus und war fürs erste abgelenkt. Die drei zogen sich in seine Kajüte zurück und schickten wenig später nach mir.

Ich fand sie um den Tisch sitzend bei einer Flasche Wein und Rosinen.

»Nun, Hawkins«, begann der Squire, »was gibt's? Red frei von der Leber weg!«

Ich gehorchte, und in möglichst knapper Form gab ich die Unterhaltung wieder, die ich belauscht hatte.

»Nun gut«, sagte der Squire, »ich gebe zu, daß ich ein Dummkopf war.«

»Nicht mehr als ich«, sagte der Kapitän, »der ich auch nichts bemerkt habe!«

»Aber Ihr hattet mich gewarnt«, antwortete der Squire. »Wie dem auch sei, Kapitän, von nun an begeben wir uns ganz unter Euer Kommando.«

Sie waren sich einig, daß Silver ganz außerordentlich geschickt war, und beschlossen, daß sie weitermachen sollten, als wüßten sie von nichts, bis sich die Gelegenheit bot, die Meuterer zu überrumpeln.

Um diesen Plan durchführen zu können, war es zunächst nötig herauszufinden, welche Männer uns außer den Dienern des Squire treu geblieben waren.

Diese Aufgabe übertrugen sie mir.

Mein Abenteuer an Land

Am kommenden Morgen stellte ich fest, daß die Insel zum größten Teil von Wäldern und Buschwerk bedeckt war.

Uns erwartete eine harte Morgenarbeit. Die Boote mußten zu Wasser gelassen werden, um das Schiff drei oder vier Meilen weit um die Spitze der Insel herum und durch die schmale Passage in den Hafen hinter der Skelettinsel zu ziehen.

Die Hitze war drückend, und die Männer arbeiteten unter Murren. Der bloße Anblick der Insel hatte die Disziplin weitgehend abbröckeln lassen.

Während der gesamten Durchfahrt führte Long John mit großer Sicherheit das Ruder. Wir blieben genau dort liegen, wo in der Karte der Anker eingezeichnet war, etwa eine drittel Meile von jeder Küste entfernt: das Hauptland auf der einen und die Skelettinsel auf der anderen Seite. Es war völlig windstill, und in der Luft hing der charakteristische Geruch von stehendem, sumpfigem Wasser.

Der Doktor schnupperte:

»Ich wette meine Perücke, daß es hier Malaria gibt!«

Das Verhalten der Mannschaft wurde jede Minute bedrohlicher, und jeder Befehl wurde nur mit Murren und bösen Blicken ausgeführt. Selbst die Matrosen, die wir für zuverlässig hielten, wurden von der rebellischen Stimmung angesteckt, die in der Luft hing, obgleich Long John sich große Mühe gab, die Gemüter zu beruhigen. Wir gingen in die Kajüte hinab, um Kriegsrat abzuhalten.

»Sir«, begann der Kapitän, »wenn ich es wage, einen Befehl zu erteilen, riskieren wir die offene Revolte. Derzeit können wir uns nur auf einen einzigen Mann verlassen: auf John Silver! Er ist an Besonnenheit und Ruhe genauso interessiert wie wir. Er weiß, daß dies eine Laune der Mannschaft ist und würde es ihnen schon austreiben, wenn er Gelegenheit dazu bekäme. Daher schlage ich vor, daß alle heute nachmittag Landgang bekommen sollen. Wenn sie annehmen, bin ich sicher, daß Silver sie sanft wie Lämmer an Bord zurückbringt. Wenn sie sich widersetzen, werden wir uns verteidigen.«

Die Treuesten wurden mit geladenen Pistolen versehen. Der Kapitän stieg an Deck und sagte den Männern, sie können die Boote nehmen, um an Land zu gehen, und daß sie Erlaubnis hätten, sich auf der Insel umzusehen. Die schlechte Stimmung verflog, und ein lautes »Hurra!« hallte von den umliegenden Hügeln wider.

Silver organisierte den Ausflug: Sechs Männer sollten an Bord bleiben, und dreizehn, Silver selbst inbegriffen, sollten an Land gehen.

Heimlich versteckte ich mich in einem Boot und versuchte, unbemerkt mitzukommen. Natürlich vergebens. Silver hatte mich bemerkt und behielt mich scharf im Auge. Doch sobald wir Land erreichten, stürzte ich mich ins Gestrüpp und rannte davon, bis ich nicht mehr konnte. Zum ersten Mal im Leben verspürte ich Entdekkerfreude und den Reiz des Unbekannten.

Die Insel war sicher unbewohnt. Ich begegnete nur wilden Tieren und Vögeln, unbekannten Pflanzen und einmal dem Zischen einer Schlange. Auf die Idee, daß dies die tödliche Klapperschlange sein könnte, kam ich gar nicht.

Schließlich gelangte ich in ein Wäldchen, das sich von einem der Hügel bis zu einem weiten Sumpf voller Schilfrohr herabzog.

Unter der glühenden Sonne stiegen aus dem Sumpf Dämpfe auf, die den Umriß des Fernrohres verschwimmen ließen. Plötzlich zeigten mir das Kreischen der Vögel und das Schwanken des Schilfs, daß sich Menschen näherten. Zwei, um genau zu sein.

Der erste, John Silver, wandte sich fast bittend an Tom, einen der Matrosen, und versuchte, ihn auf seine Seite zu ziehen. Tom weigerte sich und wies ihn verächtlich ab.

»Ich will ja nur deinen Hals retten«, sagte Silver. Aber Tom glaubte ihm wohl nicht. Da wurden sie durch einen fürchterlichen Schrei unterbrochen. »Das wird Alan sein«, sagte Silver. Alan war ein anderer Matrose, der dem Kapitän treu geblieben war. Tom flammte auf: »Dann töte mich auch, wenn du den Mut dazu hast!«, und er wandte Silver den Rücken zu. Er war nicht weit gekommen, da flog Silvers Krücke wie ein Speer durch die Luft und traf Tom am Kopf. Bewußtlos fiel er zu Boden. Silver hüpfte zu ihm und versetzte ihm mit unglaublicher Gewalt einige Dolchstöße in den Rücken. Da wurde ich ohnmächtig.

Als ich die Augen wieder öffnete, sah ich, wie Silver gelassen den Dolch abwischte. Dann zog er die Pfeife aus der Tasche und rief die anderen herbei. Ich schlich voll Entsetzen und Angst zurück. Sobald ich es wagte, begann ich zu rennen. Bald erreichte ich eine waldige Gegend mit klarer Luft, am Fuße eines steilen, felsigen Hügels.

Der seltsame Mann

Ich hielt inne. Da hörte ich zwischen den Bäumen das Poltern von Steinen. Ich wandte mich dem Geräusch zu und bemerkte eine Gestalt, die rasch hinter einen Baum sprang. Ich konnte nicht erkennen, ob sie ein Bär, ein Mensch oder ein Affe war.

Aber sie war schwarz und zottig. Vor Schreck erstarrte ich. Ich mußte nun zwischen der Gefahr durch die Piraten und dieser neuen, unbekannten Gefahr wählen. Ich entschied mich für die rasche Rückkehr zu den Booten und machte kehrt.

Die Gestalt mußte einen weiten Bogen gemacht haben, denn nun schnitt sie mir von vorn den Weg ab. Mit der Geschwindigkeit dieses Wesens konnte ich nicht mithalten. Es sprang wie ein Hirsch, lief aber auf zwei Beinen wie ein Mensch, nur auf merkwürdige Weise, tief herabgebückt. Also war es ein Mensch – aber vielleicht war er ja ein Kannibale . . . Da fiel mir glücklicherweise meine geladene Pistole ein. Also faßte ich Mut und ging entschlossen auf ihn zu.

Als ich näher kam, stürzte er plötzlich vor mir nieder und hob flehend die gefalteten Hände. »Aber wer seid Ihr?« rief ich überrascht.

»Ich bin der arme Ben Gunn«, antwortete er, »und seit drei Jahren habe ich mit keinem Christenmenschen mehr gesprochen!« Ich betrachtete ihn mit wachsender Neugier und stellte fest, daß er ein Weißer war wie ich und eigentlich ganz sympathische Gesichtszüge hatte.

Von allen Bettlern, die ich jemals sah oder mir vorstellen konnte, war er fraglos der König. Er war mit alten Segeltuchfetzen und Ziegenfellen bekleidet, die von einem abenteuerlichen System aus Knoten und Nähten zusammengehalten wurden. Um die Taille trug er einen Ledergürtel mit kupferner Schnalle, das einzige heile Stück von seinem gesamten Aufzug.

»Drei Jahre!« rief ich aus. »Habt Ihr Schiffbruch erlitten?«

»Nein, mein Freund«, antwortete er, »sie haben mich hier ausgesetzt.«

Er berichtete, daß er seinerzeit mit Flint gefahren sei. Eines Tages habe Flint mit sechs Männern auf der Insel seinen Schatz vergraben und dann alle sechs Männer umgebracht. Vor drei Jahren sei er selbst auf einem anderen Schiff in der Nähe der Insel vorbeigekommen und habe seine Kameraden dazu überredet, an Land zu gehen und nach dem Schatz zu suchen. Nach vielen Tagen vergeblicher Suche hatten sie ihn wütend mit einer Muskete, einem Spaten und einer Spitzhacke zurückgelassen.

»Aber sag mir, Junge, bis du auch hier, um nach dem Schatz zu suchen?«

Vielleicht hatte ich in ihm einen Verbündeten getroffen.

»So ist es«, sagte ich, »und ich bin nicht allein. Meine Gefährten werden Euch gewiß gut belohnen, wenn Ihr uns helft, denn wir haben viele Feinde dabei.« Ich erzählte ihm von unserer Lage. Er empfahl sich der Gnade des Squire und zeigte mir immer wieder seine Freude darüber, mich getroffen zu haben.

Während wir noch sprachen, hörten wir den ersten Kanonenschuß.

»Sie haben den Kampf begonnen!« schrie ich. »Kommt!«, und wir rannten in dem Schutz der Bäume zum Ankerplatz. Auf den Kanonenschuß folgte eine Salve von Gewehrschüssen. Wir waren erst eine Viertelmeile gerannt, da tauchte vor mir die englische Flagge über den Bäumen auf.

Dr. Livesey setzt die Erzählung an Jims Stelle fort

Der Kapitän, der Squire und ich besprachen unsere Lage, als Hunter uns meldete, daß Jim mit den anderen an Land gegangen war. Sogleich fürchteten wir um sein Leben. Wir beschlossen, daß Hunter und ich ihm folgen sollten. Die Tatsache, daß auch wir an Land gehen wollten, verwirrte die Männer, die als Wache bei den Booten geblieben waren, aber bald wandten sie sich wieder gelangweilt ihrem Kartenspiel zu.

Wir gingen an einem versteckten Platz an Land und erreichten nach kaum hundert Schritten das, was auf Flints Karte als das Blockhaus bezeichnet war.

Fast an der Spitze des Hügels entsprang eine Quelle, und rund um sie herum waren Palisaden und eine robuste Hütte aus Baumstämmen errichtet worden, in der mindestens vierzig Personen Platz hatten. Jede Seite war mit Schießscharten bestückt.

Mit genug Lebensmitteln und einer aufmerksamen Wache konnte man hier ein ganzes Regiment in Schach halten.

Was mein besonderes Interesse erregte, war die Quelle.

Auf der »Hispaniola« hatten wir zwar genügend Vorräte an Lebensmitteln und Waffen, aber um einer längeren Belagerung standzuhalten, fehlte es uns an Wasser.

Plötzlich erklang der Todesschrei eines Mannes. Sogleich kehrten wir zum Boot zurück und ruderten eilig zum Schiff. Dort fanden wir alle tief erschüttert, besonders den Squire und einen der sechs Matrosen, die er angeheuert hatte. Der Kaptiän erklärte, daß uns dieser noch nützlich sein könne.

Wir postierten Redruth zwischen Kajüte und Ruderhaus und begannen, das Boot mit Lebensmitteln und Waffen zu beladen. Der Kapitän und der Squire, beide bis an die Zähne bewaffnet, hielten die Matrosen in Schach.

Wir ruderten in größter Eile zum Blockhaus.

Die beiden, die bei den Booten an Land Wache hielten, waren über diesen zweiten Landgang beunruhigt, und einer von ihnen stürzte ins Gebüsch und verschwand.

Hunter, Joyce und ich luden den ersten Teil unserer Ladung im Blockhaus ab. Wir ließen Joyce als Wache zurück, allein, aber mit einem Dutzend geladener Musketen bewaffnet, und luden das Boot weiter aus.

Dann ruderte ich allein zum Schiff zurück, wir beluden das Boot wieder bis zum Rand, versenkten die restlichen Waffen und warteten dann im Boot auf den Kapitän, der sich zum Ruderhaus umwandte und rief:

»Gray, ich verlasse jetzt das Schiff und befehle dir, deinem Kapitän zu folgen! Ich weiß, du bist ein ehrlicher Mann. Ich gebe dir dreißig Sekunden, mitzukommen.«

Es folgte ein kurzes Schweigen. »Freund«, rief wieder der Kapitän, »ich riskiere mein Leben und das dieser guten Herren. Ich kann mir wirklich nicht leisten, länger zu warten!«

Man hörte den Lärm eines Handgemenges, und Gray stürzte hervor, auf der Wange eine Messerwunde. »Ich gehe mit Euch, Sir«, keuchte er. Sie sprangen zu uns ins Boot, und wir stießen ab.

Wir bemerkten, daß die an Bord verbliebenen Piraten sich an der Kanone zu schaffen machten. Vom Ufer ertönte Geschrei, als die übrigen Piraten, von der Wache alarmiert, zu ihren Booten eilten. Wir versuchten schneller zu rudern und wichen im letzten Moment nach rechts aus, so daß uns die erste Kanonenkugel verfehlte. Bei diesem Manöver sank das völlig überladene Boot.

Es blieb uns keine andere Wahl, als ans Ufer zu schwimmen und schleunigst zum Blockhaus zu laufen.

Das Blockhaus

Wir durchquerten das Gestrüpp in höchster Eile, und bei jedem Schritt klangen die Stimmen der Piraten näher.

Wir hatten den Schutz der Bäume gerade verlassen und die Palisaden fast erreicht, als sieben der Rebellen die Lichtung erreichten.

Wir feuerten gleichzeitig. Einer der Gegner fiel, und die anderen zogen sich ins Buschwerk zurück.

Wir freuten uns gerade über unseren Erfolg, als mir eine Pistolenkugel um die

Ohren pfiff. Tom Redruth wankte und fiel tödlich getroffen zu Boden. Rasch trugen wir ihn in das Blockhaus. Der Squire sank neben ihm auf die Knie.

Bevor Redruth starb, bat er mich, für ihn ein Gebet zu sprechen. Inzwischen hatte der Kapitän auf dem Blockhaus die englische Fahne gehißt. Das Blockhaus wurde nun ständig vom Schiff aus beschossen, wobei die Fahne als Zielscheibe diente. Aber der Kapitän weigerte sich beharrlich, sie einzuziehen.

Verantwortungsbewußt, wie er war, äußerte der Kapitän seine Besorgnis über die Knappheit unserer Vorräte, und wir schickten Gray und Hunter los, das zu holen, was in unserem Boot geblieben war und wegen der Ebbe inzwischen frei lag.

Das Unterfangen war jedoch fruchtlos, denn vier oder fünf von Silvers Leuten trugen bereits alles davon, und, was schlimmer war, wir stellten fest, daß sie Gewehre hatten, die sie wer weiß woher geholt hatten.

Der Kapitän setzte sich an sein Logbuch, und ich fragte mich gerade, was aus dem armen Jim geworden war, als wir einen Ruf hörten. Ich lief rasch zur Tür und kam noch zurecht, um zu sehen, wie Jim Hawkins über die Palisaden stieg und gesund und munter die Hütte erreichte.

Jim Hawkins nimmt die Erzählung wieder auf

Als Ben Gunn die Fahne wehen sah, blieb er stehen und sagte, daß ich hier gewiß meine Freunde treffen werde und daß er mich nicht weiter begleiten werde. Er gab mir eine Nachricht für den Squire mit, die ich nicht ganz verstand, und sagte mir, wo ich ihn treffen könne. Dann versprach er mir erneut seine Hilfe. Ein Kanonenschlag unterbrach unsere Unterhaltung, und wir nahmen in verschiedene Richtungen Reißaus.

Ich versteckte mich im Buschwerk, das den Strand säumte, und sah, daß vom Mast der »Hispaniola« der Jolly Joker wehte, die schwarze Fahne der Piraten.

Nun bemerkte ich auch die Piraten selbst, die offenbar viel Rum getrunken hatten. Nach dem Ende der Beschießung erreichte ich im Schutz der Büsche das Blockhaus mit meinen Freunden und erzählte ihnen meine Erlebnisse. Ich sah mich um

und erkundete die Einfriedung. Dabei fiel mir auf, daß das Buschwerk zu dicht an die Umzäunung heranreichte, als daß man vor einem Angriff sicher sein könne, aber ich behielt diese Überlegung für mich.

Die kräftige Abendbrise blies feinen Sand in das Innere des Blockhauses, und trotz des angezündeten Feuers gelang es uns nicht, die Kälte der Nacht zu vertreiben.

Wir waren beunruhigt, und zweifellos hätten sich Unzufriedenheit und Mißmut breitgemacht, wenn uns nicht der Kapitän klugerweise für tausend kleine Aufgaben eingeteilt hätte.

Der Doktor war voll der Bewunderung für ihn, da er sich nicht nur als mutig, sondern auch als einfühlsam erwies.

Vor dem Essen begruben wir den armen Tom. Nachher hielten der Kapitän, der Squire und der Arzt Kriegsrat. Ich war todmüde und schlief sofort ein.

Am nächsten Morgen weckten mich aufgeregte Stimmen und ein großes Getümmel.

Der Waffenstillstand

»Die weiße Fahne!« rief jemand. Bei diesen Worten sprang ich auf, rieb mir die Augen und lief an eine Schießscharte.

Es war Silver höchstpersönlich!

Der Kapitän befürchtete eine Falle und befahl uns, im Haus und auf unseren Posten zu bleiben. Dann wandte er sich den Meuterern zu.

Er behandelte Silver sehr von oben herab und wie einen Bettler.

Er erwartete ihn auf der Türschwelle sitzend und sah zu, wie er mühsam den sandigen Hügel erklomm. Dann zwang er ihn, sich in den Sand zu setzen.

Silver reagierte gelassen und hatte freundlich scheinende Worte für alle. Er sprach von etwas, das am Abend zuvor geschehen war und das er als »schönen Scherz« bezeichnete. Dabei machte er Anspielungen auf einen Toten.

Diese Angelegenheit, so sagte er, habe seine Leute erschreckt.

Der Kapitän verstand kein Wort von dem, was er sagte, aber ich dachte sogleich an Ben Gunn und an seine unverständliche Botschaft an den Squire vom Abend zuvor. Endlich kam Silver zur Sache. Er verlangte die Karte. Als Gegenleistung versprach er, daß uns nichts geschehen werde, er uns auf der »Hispaniola« bis zum nächsten Hafen mitnehmen oder auf der Insel mit der Hälfte der Vorräte zurücklassen werde.

»Ihr könnt ja nicht einmal das Schiff führen!« antwortete der Kapitän hart. »Keine Geschichten. Ergebt Euch, oder ich lasse Euch in Ketten legen und übergebe Euch ohne mit der Wimper zu zucken der Justiz.«

Silver war nahe daran, vor Wut zu zerspringen.

»Helft mir aufstehen!« schrie er.

»Ich nicht«, entgegnete der Kapitän.

»Wer hilft mir?« brüllte er. Keiner von uns rührte sich. Kriechend schleppte er sich bis zum Vorbau, wo er sich wieder auf die Krücke hochziehen konnte. Er spuckte in die Quelle und sagte: »Da, das halte ich von Euch!« Mit der Hilfe seines Fahnenträgers überwand er den Palisadenzaun und verschwand im Gestrüpp.

Nach einem heftigen Wutausbruch – wir hatten unsere Posten verlassen, um die Szene besser beobachten zu können – organisierte der Kapitän die Verteidigung. Er verteilte die besten Schützen an den strategisch wichtigen Punkten und teilte die schlechteren, das heißt sich selbst und mich, zum Laden der Waffen ein.

Es folgte eine Pause von einer Stunde, voll nervöser Spannung. Dann bemerkten wir die ersten Anzeichen des Angriffs. Joyce eröffnete das Feuer.

Der Kapitän war überzeugt, daß die Meuterer versuchen würden, über die Palisaden zu klettern und jede unbesetzte Schießscharte zu besetzen, um uns dann innerhalb der Hütte wie Schießbudenfiguren abzuknallen.

Der Kampf

Uns blieb keine Zeit zum Nachdenken.

Eine Gruppe von Piraten stürzte im Norden aus dem Gestrüpp und mit Hurra über die Palisaden.

Der Squire und Grey feuerten, und gleich nochmals, und drei Männer fielen.

Vier weitere Piraten waren in die Umzäunung gekommen, und aus dem Wald klang lebhaftes Gewehrfeuer.

Der Kopf von Job Anderson erschien in der mittleren Schießscharte. »Auf sie,

Männer!« brüllte er. Ein anderer Pirat packte den Lauf von Hunters Gewehr, riß es ihm aus der Hand und schlug ihn bewußtlos zu Boden.

Ein dritter stürzte sich mit seinem Entermesser auf den Doktor.

Zum Glück war die Hütte voller Pulverrauch, so daß wir sicher kein gutes Ziel abgaben.

Ich griff mir ein Entermesser von unserem Waffenhaufen und stürzte aus der Hütte.

»Um das Haus herum, Jungs, um das Haus herum!« schrie der Kapitän.

Ohne nachzudenken, gehorchte ich und rannte um die Ecke der Hütte herum.

Ein Mann mit roter Nachtmütze und einem Messer zwischen den Zähnen hatte gerade die Palisaden erklommen und wollte herunterspringen.

Gray war mir gefolgt und hatte den Bootsmann niedergehauen. Ein anderer Pirat war an seiner Schießscharte niedergeschossen worden, und der Doktor hatte einen dritten erledigt. Von den vieren, die über die Palisade gestürmt waren, lebte

nur noch einer, der nun sein Messer fallen ließ und sie in aller Eile überstieg, diesmal aber, um zu fliehen.

Wir zogen uns zurück und stellten rasch fest, welchen Preis wir für diesen Sieg bezahlt hatten. Hunter lag bewußtlos neben seiner Schießscharte am Boden; Joyce neben der seinen, von einer Kugel durch den Kopf getroffen. Und inmitten der Hütte stützte der Squire den Kapitän, beide waren totenbleich.

Mein Abenteuer auf See

Während der Squire und Gray damit beschäftigt waren, den Verband des Kapitäns zu untersuchen und niemand auf mich achtete, überstieg ich rasch die Palisaden und wandte mich ohne Zögern zur Ostküste.

Ich strich durch das Buschwerk auf der Landzunge, die sich nach Süden hinzog, und befand mich nun zwischen dem Meer und der Ankerbucht mit dem Schoner. An seiner Längsseite war ein Boot vertäut. Ich erkannte Silver im Heck und beobachtete zwei Männer, die sich über die Reling beugten. Bald danach stieß das Boot ab und kam zum Strand, und die beiden Männer verschwanden unter Deck. Einer war der mit der roten Mütze.

Die Dämmerung brach herein, und schnell bewegte ich mich zum weißen Felsen, wo Ben Gunn, wie er mir verraten hatte, sein Boot versteckt hatte. Ich fand es in einer grasigen Senke zwischen dichtem Gestrüpp und unter einem Zelt aus Ziegenfellen. Es war das schiefste und absonderlichste Ding, das man sich zu Wasser denken kann. Es erinnerte an die Einbäume der alten Kelten, schien aber den Vorteil großer Leichtigkeit und Manövrierfähigkeit zu besitzen. Tatsächlich gelang es mir ohne Schwierigkeiten, es auf den Schultern zum Ufer zu tragen und mit dem Kiel nach unten aufs Wasser zu setzen.

Was aber die Manövrierfähigkeit anging, so war es eine Katastrophe. Es trug zwar eine Person von meiner Größe ohne Probleme, konnte sich aber anscheinend nur um sich selbst drehen. Ohne die Hilfe der Ebbe wäre ich niemals bei der »Hispaniola« angekommen. So aber trieb es mich direkt auf das Anktertau des Schiffes zu. Ich griff danach. Es war gespannt wie eine Bogensehne.

Rechtzeitig fiel mir ein, daß mich das zurückschlagende Ankertau voll treffen würde, wenn ich es durchschnitt, solange es so straff gespannt war. Ich wartete auf einen günstigen Windstoß. Als er kam, drückte er den Schoner gegen die Strömung und lockerte das Tau. Nun machte ich mich daran, einen Strang des Taus nach dem anderen zu zerschneiden, bis es sich wieder spannte und ich erneut warten mußte. Währenddessen hörte ich Stimmen aus der Kajüte über mir. Ich erkannte die des Bootsmannes Israel Hands. Die andere mußte dem Mann mit der roten Mütze gehören. Sie schienen fürchterlich betrunken und schrecklich wütend zu sein.

Einer sang ein merkwürdiges altes Seemannslied:

»Nur ein Mann kam von der Mannschaft nach Haus
und mit fünfundsiebzig Leuten fuhren sie aus . . .«

Nach einer neuen Brise konnte ich die restlichen Stränge des Ankertaus kappen. Im gleichen Moment begann der Schoner zu drehen, und ich wurde gegen den Bug getrieben. Ich stieß mich an der Bordwand ab und schob mich zum Heck vor, um nicht unter das Schiff zu geraten. Dabei stieß ich an eine Leine. Ich griff danach.

Meine Neugier siegte. Trotz der großen Gefahr für mich erhob ich mich in meinem Lederboot, um durch das Bullauge der Kajüte zu sehen. Ein kurzer Blick reichte mir: Hands und sein Kumpane waren in einen wilden, tödlichen Kampf verstrickt, jeder mit den Händen an der Kehle des anderen. Ich ließ mich wieder auf meinem Platz nieder, um nicht aus dem Boot geschleudert zu werden.

Vom Strand her schallte der wohlvertraute Refrain, den die Piraten wieder einmal angestimmt hatten:

»Fünfzehn Mann auf des toten Mannes Kist' – johoo – und 'ne Buddel voll Rum,
Sauft, und der Teufel besorgt den Rest – johoo – und 'ne Buddel voll Rum!«

Da wurde ich von einem plötzlichen Schlingern des Bootes aufgeschreckt. Die Strömung hatte im rechten Winkel gedreht und zog den Schoner und das Lederboot mit sich. Wir wurden durch die Meerenge zum offenen Meer hinausgetrieben.

Da endlich erhob sich an Bord ein Schrei und gleich darauf ein zweiter. Die beiden Säufer hatten bemerkt, was geschehen war, und ihren Kampf unterbrochen. Ich streckte mich flach auf dem Grund des Bootes aus und empfahl meine Seele dem Schöpfer, denn ich war mir sicher, daß der Schoner von der Brandung gegen die Felsen geschleudert werden würde. Mich selbst sah ich im Geist schon tot.

So muß ich Stunden auf dem Boden ausgestreckt verbracht haben, durchnäßt von der spritzenden Gischt. Allmählich gewannen Erstarrung und Müdigkeit die Oberhand, und ich schlief ein.

Das Abenteuer im Lederboot

Als ich erwachte, war es heller Tag, und ich trieb allein vor dem westlichen Ende der Schatzinsel.

Ich entdeckte, daß sich das Lederboot, wenn man es sich selbst überließ, leicht in die Wellen einfügte und den steilen Höhen und Wellentälern auswich.

Die Strömung trieb mich nach Norden, an einer Landzunge vorbei, und wieder befand ich mich vor offenem Meer. Eine halbe Meile vor mir trieb die »Hispaniola«. Ich beobachtete, wie sie eine Wendung machte, überzeugt davon, daß ich gesehen worden sei und nun gefangengenommen werden sollte. Dann wurde mir klar, daß entweder niemand am Ruder war oder alle noch sturzbetrunken sein mußten.

Die Strömung drehte sie immer wieder um sich selbst.

Ich versuchte, mit Rudern näher zu kommen.

Nach den ersten Wellen gelang es mir allmählich, mein Boot in die gewünschte Richtung zu steuern. Schließlich bot sich eine gute Gelegenheit. Wieder drehte der Wind den Schoner um sich selbst.

Dann füllte eine Böe die Seegel, und die »Hispaniola« schoß wie eine Schwalbe davon. Dann wandte sie mir aber die Seite zu, drehte weiter und kam gerade auf mich zu. Ich begriff, daß sie das Lederboot rammen würde. Im letzten Moment schnellte ich in die Höhe, drückte dabei das Boot unter Wasser und packte die Bordwand.

Dort blieb ich ängstlich hängen, während ein dumpfer Stoß mir sagte, daß nun der Bug auf mein Boot aufgelaufen war und es versenkt hatte.

Das Großsegel verbarg meinen Blicken einen Teil des Achterdecks. Da waren die beiden. »Rotmütze« lag stocksteif auf dem Rücken, seine halb geschlossenen Lippen gaben die Zähne frei. Israel Hands' Kinn lag auf der Brust, die Hände baumelten herab, sein Gesicht war totenbleich.

Bei jedem Schlingern des Schoners rutschte »Rotmütze« hin und her, ohne daß sich sein Gesichtsausdruck nur im mindesten änderte, nur Hands schien immer mehr in sich zusammenzusinken.

Ich betrachtete überrascht diese makabre Szene, da drehte sich Hands in einem ruhigen Augenblick, in dem das Schiff still lag, mit leisem Jammern in seine ursprüngliche Stellung zurück. Ich ging zu ihm und sagte vielleicht zu ironisch: »Melde mich an Bord, Mr. Hands!« Er verdrehte nur die Augen und sagte das Wort »Rum!«

Ich schlüpfte zum Heck und stieg in die Kajüte hinab. Hier herrschte unglaubliches Durcheinander. Bei der Suche nach der Karte waren alle Laden aufgebrochen worden, der Boden war schlammverdreckt und die Wände von schmutzigen Händen beschmiert. Aus einem der Bücher des Doktors waren Seiten herausgerissen worden, und mitten in all dem Chaos blakte noch die Petroleumlampe und verbreitete trübes Licht. Ich ging in den Laderaum. Die Fässer waren verschwunden, die meisten Flaschen waren leer. Hier war gewiß niemand nüchtern geblieben! Ich suchte genauer und fand ein wenig Rum für Hands und Rosinen und Käse für mich. Wieder an Deck, trank ich erst einen guten Schluck Wasser und gab dann Hands den Rum. Bevor er die Flasche absetzte, hatte er sicher mehr als ein Viertel davon getrunken.

»Bei allen Teufeln«, rief er aus, »das habe ich jetzt gebraucht!«

»Schwer verletzt?« fragte ich. Er grunzte, oder besser gesagt, er bellte: »Wenn der Doktor da wäre, wäre ich bald wieder auf den Beinen. Was den da angeht, der ist hinüber, wie du siehst. Aber was machst du denn auf einmal hier?«

»Ich bin gekommen, um dieses Schiff zu übernehmen«, antwortete ich großartig, »und Ihr wollt mich bis auf weiteres als Euren Kapitän betrachten.«

Ich holte den verfluchten Jolly Joker nieder und warf ihn ins Meer. »Gott schütze den König!« schrie ich und schwenkte meinen Hut.

»Warum reden wir nicht miteinander, Käpt'n?« sagte Hands. »Schätze, Ihr wollt wieder an Land kommen, nein?«

»Warum nicht?« antwortete ich.

»Ich sehe nicht, wer dieses Schiff steuern kann«, fügte Hands hinzu, »wenn ich es ihm nicht erkläre. Also los, schließen wir einen Pakt: Du verbindest mich und gibst mir zu essen und zu trinken, und ich sag dir, wie du segeln sollst.«

»Ich will nicht zum Ankerplatz von Käpt'n Kidd zurück«, sagte ich, »sondern in die Nordbucht und dort das Schiff ruhig auf Sand setzen.«

»Die Nordbucht? Na schön. Ich hab ja keine Wahl.«

Wir schlossen unseren Pakt, und wenige Minuten später segelte die »Hispaniola« vor dem Wind leicht die Küste entlang und hatte gute Aussicht, die nördliche Einfahrt noch mit steigender Flut zu erreichen.

Ich wäre völlig ruhig und glücklich gewesen, hätte mich nicht Hands ständig mit ironischen Blicken verfolgt.

»Könnt Ihr nicht in die Kajüte gehen und mir eine Flasche Wein holen?« sagte er. Jedes Kind konnte merken, daß er etwas im Schilde führte.

Ich antwortete rasch: »Etwas Wein? Aber natürlich!« Ich polterte mit möglichst viel Lärm die Treppe hinunter. Dann zog ich die Schuhe aus, schlich beim Bug wieder hinaus und beobachtete ihn. Er hatte sich auf Knie und Hände erhoben. Vor Schmerz im Bein stöhnte er, aber es gelang ihm, die Brücke zu überqueren und sich ein blutverschmiertes Messer zu holen. Er versteckte es unter seiner Jacke.

Das war es, was ich wissen wollte. Israel war bewaffnet und konnte sich bewegen. Aber noch etwas war jetzt klar: Ohne mich konnte er das Schiff nicht lenken. Beide hatten wir Interesse daran, es sicher auf den Strand auflaufen zu lassen, um es später leicht wieder flottmachen zu können. Bis dahin war ich sicher.

Je weiter wir uns der Nordbucht näherten, desto schwieriger wurde das Navigieren. Hands erwies sich als ausgezeichneter Lotse und wich mit großem Geschick den Sandbänken aus. Das algenbedeckte Wrack eines gestrandeten Schiffes zeigte mir, daß dieses Ankermanöver auch schon anderen Schwierigkeiten bereitet hatte.

Die Konzentration auf die letzten Manöver hatte mich die Gefahr vergessen lassen. Hätte mich nicht eine plötzliche Unruhe erfaßt, wäre ich ermordet worden, ohne es auch nur zu bemerken. So wandte ich aber den Kopf. Hands stand hinter mir, den Dolch in der erhobenen rechten Hand, bereit, zuzustoßen. Wir schrien beide laut auf, als sich unsere Blicke begegneten. Ich vor Schreck, er vor Wut.

Ich machte einen Satz zur Seite und ließ die Ruderpinne los.

Das rettete mir das Leben: Sie schlug Hands gegen die Brust und machte ihn einen Moment lang bewegungsunfähig. Ich erreichte den Großmast, zog eine Pistole aus der Tasche und drückte kaltblütig ab. Aber der Schuß ging nicht los.

Ich legte die Hände an den Mast und sprang zur Seite.

In diesem Augenblick lief das Schiff auf Sand, und wir landeten mit den Füßen in der Luft. Ich war als erster auf den Beinen und kletterte am Mast hinauf.

Er begann mühsam, hinter mir her zu klettern, den Dolch zwischen den Zähnen. Ich lud rasch meine Pistole neu und rief ihm dann drohend zu:

»Noch eine Bewegung, und ich blase Euch das Gehirn aus!« Sofort machte er halt.

»Jim, ich habe kein Glück. Ich muß mich wohl ergeben, und das fällt einem Bootsmann gegenüber einem Schiffsjungen sehr schwer«, sagte er resignierend.

Ich atmete auf. Doch plötzlich bewegte Israel rasch eine Hand, und etwas zischte durch die Luft wie ein Pfeil. Ich spürte einen Stoß und einen Stich: Der Dolch hatte mich mit der rechten Schulter an den Mast genagelt.

Vor Schmerz muß ich abgedrückt haben. Dann fiel meine Pistole ins Wasser und mit einem Schrei auch Israel Hands. Ich riß mich mit aller Kraft vom Mast los.

Der Herr des Schiffes

Ich stieg unter Deck und versorgte meine Wunde, so gut ich konnte.

Nun war ich der Herr des Schiffes, und ich gedachte mich von seinem letzten Passagier zu befreien. Mit letzter Kraft gelang es mir, »Rotmütze« zu bewegen. Ich packte ihn wie einen Sack Kleie um die Mitte und warf ihn mit kräftigem Schwung über Bord.

Ich beschloß, wieder an Land zu gehen. Das Wasser reichte mir hier nicht einmal bis zum Gürtel, und der Sand war fest, so daß ich sicher das Ufer erreichte.

Die Nacht brach herein, und rasch wurde es finster.

Ich hatte Mühe, die richtige Richtung einzuhalten.

Schließlich erreichte ich das Blockhaus. Ich blieb überrascht stehen: Meine Freunde hatten doch sonst nicht die Gewohnheit, große Feuer anzuzünden!

Ich begann zu fürchten, daß ihnen während meiner Abwesenheit etwas zugestoßen sein könne. Doch als ich näher kam, war ich erleichtert: Das laute Schnarchen meiner Kameraden beruhigte mich.

Ich erreichte die Tür und blieb stehen. Vor Dunkelheit konnte ich im Innern nichts erkennen.

Da brach eine schrille Stimme los: »Piaster, Piaster, Piaster!«

Käpt'n Flint, der grüne Papagei von John Silver!

Mir blieb keine Zeit, mich von dem Schreck zu erholen. Die Schlafenden waren aufgesprungen, und Silver brüllte: »Wer da?« Ich versuchte zu fliehen, landete aber direkt in den Armen von irgendwem, der mich umschlang und festhielt.

»Bringt eine Fackel!« schrie er. Fünf Piraten standen mit vom Alkohol geröteten Gesichtern auf den Beinen, der sechste hatte sich nur auf die Ellbogen erhoben und war totenbleich. Der Papagei saß aufgeplustert auf Silvers Schulter und glättete sein Gefieder. Auch Silver kam mir blasser als gewöhnlich vor.

»Alle Teufel!« rief er aus. »Das ist ja Jim Hawkins! Nett, daß du uns besuchen kommst, nicht wahr? Mach es dir bequem, mein Junge!«

Er setzte sich auf das Rumfäßchen und begann, seine Pfeife zu stopfen.

»Nun gut«, sagte er, »du solltest wissen, daß der Doktor von dir nichts mehr wissen will. Dir bleibt also nichts anderes übrig, als dich uns anzuschließen.«

Er erzählte mir, daß der Doktor mit der weißen Fahne zu ihnen gekommen sei, um ihn darauf hinzuweisen, daß das Schiff verschwunden war. Dann hatten sie verhandelt. Danach hatten meine Kameraden die Hütte mit unbekanntem Ziel friedlich verlassen, und die Piraten hatten friedlich davon Besitz ergriffen, mitsamt aller Vorräte. Ich sollte also wählen zwischen meinen alten Gefährten und demjenigen, den ich jetzt vor mir hatte, John Silver!

Die Piraten waren dafür, mich einfach umzubringen, und wollten mich nicht aufnehmen, aber Silver verteidigte mich energisch. Sie verließen das Haus, um sich zu beraten.

»Hör zu, Jim«, sagte Long John, sobald sie draußen waren. »Ich kann dich retten, wenn du dir Mühe gibst, mich vor dem Galgen zu bewahren. Verstehst du?« Nachdem ich die Überraschung verdaut hatte, sagte ich: »Einverstanden.«

»Gut so«, rief er aus. »Und, bei allen Wettern, wir sehen zu, daß wir heil davonkommen. Ich stehe jetzt auf der Seite des Squire. Ich bin ja nicht blöd, ich. Du hast sicherlich das Schiff an einen sicheren Ort gebracht . . . Trinkst du mit?«

Ich lehnte ab, und er fragte: »Apropos, weißt du, wieso mir der Doktor die Karte gegeben hat?« Ich war so offenkundig überrascht, daß er nicht weiter fragte.

»Jedenfalls, er hat sie mir gegeben. Und dahinter steckt irgend etwas, ich weiß nur noch nicht, ob etwas Gutes oder etwas Schlechtes.«

Ich warf einen Blick aus der Schießscharte. Die Mannschaft kehrte gerade zum Haus zurück. »Sie kommen«, sagte ich und ging wieder an meinen Platz.

»Laß sie nur kommen, Junge!« sagte Silver heiter. »Ich weiß schon, was ich ihnen sagen werde!« Die Tür wurde geöffnet, und fünf Männer blieben auf der Schwelle stehen und schoben einen sechsten nach vorn.

Er war fast komisch anzusehen, wie er verlegen und zögernd vorwärts schlich.

»Vorwärts!« rief Silver. »Ich werde dich schon nicht fressen! Her damit, du Lümmel! Ich werde doch keinem Abgesandten etwas antun!«

Der Bandit trat nun mutiger vor und gab Silver rasch etwas in die Hand, dann huschte er zu den anderen zurück.

Wieder der Schwarze Fleck

»Der Schwarze Fleck – wußte ich es doch!« sagte Silver.

»Woher habt ihr denn das Papier? Ah! Ihr habt es aus einer Bibel gerissen. Wer war denn der Dummkopf, der die Bibel ruiniert hat?«

»Seht ihr«, rief Morgan aus, »ich habe gleich gesagt, das bringt Unglück!«

»Na, nun ist es zu spät«, sagte Silver, »ich glaube, ihr werdet alle aufgehängt.«

»Hör auf mit dem Geschwätz, Long John. Du hast den Schwarzen Fleck gekriegt, wie es sich gehört, und jetzt lies, was drauf steht. Dann kannst du reden.«

Silver las mit ironischem Lächeln, daß er als Kapitän abgesetzt war.

Er wollte die Begründung hören.

»Erstens hast du die ganze Reise versaut«, antwortete Morgan. »Zweitens hast du den Feind ohne Gegenleistung aus dieser Falle entwischen lassen. Drittens hast du uns nicht erlaubt, ihn beim Abzug anzugreifen. Du spielst ein doppeltes Spiel! Und das schlucken wir nicht! Und schließlich, viertens, ist da der Junge.«

»Ist das alles?« fragte Silver. »Ich meine, das reicht«, antwortete Morgan, »wegen deiner Stümperei werden wir alle baumeln und in der Sonne dörren!«

Nun begann Silver, sich zu verteidigen. »Versteht ihr nicht, daß der Junge eine Geisel ist, daß er vielleicht unsere letzte Rettung sein kann? Wißt ihr nicht, daß ein Hilfsschiff unterwegs ist? Und habt ihr schon einmal daran gedacht, daß euch ein toter Doktor nicht mehr heilen kann? Und dann . . . seht her!«

Und dabei warf er ihnen ein Papier vor die Füße. Flints Karte mit den drei roten Kreuzen.

Ich verstand noch immer nicht, wieso der Doktor sie ihm gegeben hatte.

Die Piraten jubelten und wählten ihn sogleich wieder zum Kapitän . . .

Am nächsten Morgen erschien der Doktor zur Visite. Er war erstaunt, als ihn Silver von meiner Anwesenheit in Kenntnis setzte, und wollte mit mir allein reden.

»Doktor!« sagte Silver, »der Junge wird Euch bestätigen, daß ich mein Leben aufs Spiel setzte, um seines zu retten. Sagt, daß Ihr mir helft, um Himmels willen!«

Außer Hörweite seiner Kumpane war Silver nicht wiederzuerkennen.

»Ihr habt doch nicht etwa Angst, Silver?« fragte der Doktor.

»Nein, ein Angsthase bin ich nicht, aber vor dem Galgen schaudert's mich. Ihr seid ein gerechter Mensch und werdet nicht vergessen, was ich Gutes und was ich Schlechtes getan habe, das weiß ich. Jetzt lasse ich Euch mit Jim allein. Gebt zu, daß auch das ein großes Zugeständnis ist.«

»So, Jim«, sagte der Doktor. »Nun mußt du selbst auslöffeln, was du dir da eingebrockt hast.« Ich begann zu weinen. Dann aber erzählte ich ihm, wie ich das Schiff in Sicherheit und an Land gebracht hatte.

»Das ist ja schon wieder so eine Fügung des Schicksals«, sagte der Doktor. »Immer bist du es, der uns allen das Leben rettet . . .«

Dann rief er Silver herbei und sagte zu ihm: »Wenn wir hier beide lebendig herauskommen, verspreche ich, daß ich Euch vor dem Galgen retten werde.«

Dann gingen Silver, die Piraten und ich auf Schatzsuche.

Wir waren eine höchst seltsame Gesellschaft.

Silver hatte zwei Gewehre umgehängt, im Gürtel ein Entermesser und eine Pistole in jeder Rockstasche.

Auf seiner Schulter saß der Papagei und plapperte Seemannsausdrücke vor sich hin.

Auf Schatzsuche

Die ersten Diskussionen über die Karte entbrannten. Das rote Kreuz war zu groß, um einen genauen Punkt zu markieren. Also lasen sie die Hinweise auf der Rückseite: Von einem großen Baum aus war die Lage von Fernrohr und Skelettinsel angegeben.

Am Fuße einer großen Tanne lag von Efeu umwuchert das Skelett eines Mannes in ein paar Fetzen Segeltuch.

»Das war ein Seemann, nach dem Gewand zu schließen«, sagte George Merry.

»Hattest du hier einen Bischof erwartet?« murmelte Silver. »Achtet lieber auf die Lage der Knochen: das ist doch nicht natürlich so!«

Die Knochen des Skeletts waren völlig gerade ausgerichtet, während die Füße merkwürdigerweise nach hinten gedreht waren.

»Ich habe eine Idee«, sagte Silver. »Seht mal auf den Kompaß. Da unten ist die Spitze der Skelettinsel.« Der Körper wies genau in die Richtung der Insel.

»Ich hab's gewußt!« schrie Flint. »Das alles ist kein Zufall; das ist ein Wegweiser! . . . Das ist sicher einer von Flints Scherzen!«

Angst hatte die Männer befallen.

Nun zogen sie nicht mehr singend und zerstreut weiter, sondern standen Seite an Seite und sprachen nur noch halblaut.

»Hier sind drei große Bäume«, sagte Flint, »in gerader Linie mit der Skelettinsel. Es ist ein Kinderspiel, jetzt den Schatz zu finden. Ich finde, wir essen erst mal was.« Aber niemand hatte Appetit.

Plötzlich wurden alle totenbleich. Zwischen den Bäumen erklang mit hoher, zittriger Stimme das bekannte Lied:

»Fünfzehn Mann auf des toten Mannes Kist'
johoo – und 'ne Buddel voll Rum!«

»Das ist Flint!« schrie Merry entsetzt. Das Lied brach ab. Silver versuchte, die anderen zu ermutigen. »Los Jungs, weiter! Ihr wißt doch, daß Flint tot und begraben ist!« Die Piraten schienen wie festgewurzelt. Wieder ertönte die Stimme.

»Das waren seine letzten Worte, das ist Flint, keine Frage«, murmelte Morgan. Dick hatte inzwischen seine Bibel geöffnet und betete inbrünstig.

Silver schrie: »Kameraden, ich habe mich noch nie vor Flint gefürchtet!«

»Gib's auf«, sagten die anderen verschreckt, »bleib den Geistern aus dem Weg.«

»Geister?« antwortete Silver. »Aber ich hab ein Echo gehört, und Geisterstimmen machen kein Echo.« George stand auf. »Das stimmt. Das hatte ich vergessen. Und die kommt mir jetzt auch nicht mehr vor wie die von Flint, sondern wie die von . . .«

»Bei allen Teufeln«, schrie Silver, »wie die von Ben Gunn!«

»Was macht das für einen Unterschied«, meinte Dick, »auch Ben Gunn ist tot.«

»Ach, vor Ben Gunn fürchtet sich niemand, sei er nun tot oder lebendig«, rief George Merry mit zurückkehrender Sicherheit.

Alle setzten den Marsch fort.

Nach zehn Schritten blieben sie abrupt stehen. Vor uns öffnete sich eine tiefe Grube. Darin lagen eine zerbrochene Spitzhacke und ringsum einige Kisten mit dem Namen von Flints Schiff, »Walrus«. Die siebenhunderttausend Pfund waren weg.

Die sechs Männer waren verblüfft. Silver verlor nicht die Ruhe.

»Jim«, flüsterte er, »nimm das!«, und er reichte mir eine Pistole.

Die Piraten gruben wie wild. Sie fanden eine einzige Goldmünze.

»Zwei Guineen!« brüllte George. »Und dafür hast du Holzkopf uns hergebracht, für zwei Guineen!«

»Grabt nur, Leute, grabt nur!« antwortete Silver trocken. »Wer weiß, vielleicht findet ihr noch ein paar Trüffeln!«

»Trüffeln! Habt ihr gehört? Dieses Schwein hat es schon gewußt!« schrie George.

Genau in diesem Moment krachten drei Gewehrschüsse: drei Piraten fielen, und die anderen drei flohen. Gleichzeitig traten der Doktor, Gray und Ben Gunn aus dem Gebüsch.

Der Doktor erklärte rasch, was geschehen war. Ben Gunn hatte das Skelett entdeckt (er war es, der es so hingelegt hatte), dann hatte er den Schatz gefunden und ihn hinauf auf den Berg geschafft, auf dem er wohnte.

Als der Doktor dies erfahren hatte, gab er Silver die inzwischen nutzlose Karte. An diesem Morgen war er unserer Gruppe gefolgt. Ben hatte die Idee gehabt, mit dem Lied Flint nachzumachen, um uns zu erschrecken. Rasch eilten wir zu den Booten. Das eine zerstörten wir, um nicht verfolgt zu werden. Wir ruderten zur »Hispaniola«, die inzwischen durch die Flut wieder flott war, verankerten sie und kehrten an Land zurück. Nun stiegen wir zu Ben Gunns Höhle. Der Kapitän lag ausgestreckt am Feuer. In einer Ecke war der Schatz aus Goldmünzen angehäuft. Wie viele Leben hatte er wohl schon gekostet?

Der Kapitän rief mich zu sich und sagte: »Du bist ein guter Junge, Jim, aber ich glaube nicht, daß wir je wieder zusammen zur See fahren werden. Du hast für meinen Geschmack viel zu viel Glück!«

»Und Ihr, Silver«, fuhr er fort, »was macht Ihr hier?« – »Ich kehre zu meiner Pflicht zurück, Sir«, antwortete dieser mit breitem Grinsen. Am nächsten Tag machten wir uns daran, alles auf das Schiff zu schaffen. Die anderen drei ließen sich nicht mehr blicken. Am dritten Abend hörten wir einen eigenartigen Gesang.

»Sie werden furchtbar betrunken sein«, meinte Silver.

»Sie werden meine Hilfe brauchen«, sagte der Doktor. »Das klingt eher nach Delirium.«

»Ich würde Euch davon abraten, sie aufzusuchen, Doktor. Sie würden Euch sofort umbringen«, fügte Silver hinzu.

Wir berieten uns und beschlossen, sie auf der Insel zurückzulassen.

Wir hinterließen ihnen einen guten Vorrat an Pulver und Blei, gesalzenem Fleisch, Medizin, Wein und anderen notwendigen Dingen.

DIE RÜCKKEHR

Dann blieb uns auf der Insel nichts mehr zu tun.

Eines schönen Morgens legten wir ab. Der Kapitän ließ die Flagge hissen, die wir auf dem Blockhaus verteidigt hatten.

Die drei ausgesetzten Piraten mußten uns aus größerer Nähe beobachtet haben, als wir glaubten.

Als wir nämlich in der engen Ausfahrt kreuzten, sahen wir sie auf einer Landzunge knien, mit flehend erhobenen Armen. Der Doktor machte sie auf die Vorräte aufmerksam, die für sie zurückgeblieben waren.

Sie fuhren fort, uns anzuflehen, sie mitzunehmen. Als wir uns weigerten, stand einer von ihnen auf und schickte uns wütend einen Schuß hinterher, der knapp über Silvers Kopf hinwegpfiff und ein Segel durchschlug.

Wir gingen daraufhin in Deckung, bis die Insel immer kleiner wurde und schließlich aus unserem Blickfeld verschwand.

Natürlich konnten wir nicht riskieren, ohne Besatzung den Atlantik zu überqueren. Also nahmen wir Kurs auf den nächstgelegenen Hafen in Mexiko.

Wir gingen in einem angenehmen Golf vor Anker und wurden sogleich von Booten aller Art umringt, beladen mit Obst, Gemüse und freundlichen, gutgelaunten

Eingeborenen. Nach so vielen Gefahren und Ängsten bildete die vertrauenerwekkende Stimmung hier den denkbar angenehmsten Gegensatz!

Während dieses Aufenthaltes verschwand Silver mit einem Beutel voller Goldmünzen von Bord. Der schlaue Fuchs hatte uns bis zuletzt genarrt!

Aber wir waren ganz froh, ihn nicht wieder zu sehen . . .

Schließlich heuerten wir einige zuverlässige Seeleute an und hatten eine ausgesprochen angenehme Rückreise.

Jeder von uns erhielt seinen Anteil von dem Schatz, den er klug oder töricht verwendete, je nach seiner Veranlagung . . .

ENDE

Inhalt

Im Auftrag hergestellte Sonderausgabe
Aus dem Italienischen von Ulrike Müller-Kaspar
Originaltitel »L'isola del tesoro«, erschienen in der Reihe »Alla scoperta dei Grandi Classici« bei Dami Editore, Mailand
Illustrationen von Libico Maraja
Bearbeitung von S. Pazienza
Copyright © 1991 by Dami Editore, Milano
Copyright © der deutschsprachigen Ausgabe 1993 by Tosa Verlag, Wien
Druck in EWG, Officine Grafiche De Agostini - Novara 1993
Bindung Legatoria del Verbano S.p.A.